느림보 챔피언 허달미

느림보 챔피언 허달피

정연철 글 | 심보영 그림

천개의바람

작가의 말

느린 건 장점일까요? 단점일까요? 반대로 빠른 건 어떨까요?

저는 좀 성미가 급한 편이에요. 약속 시간보다 언제나 일찍 도착하고, 숙제가 있으면 미리미리 해 놓아요. 어차피 해야 할 거라면 빨리 해치우는 게 마음이 편해서요. 한때는 이런 습관이 너무도 당연하게 여겨져, 약속에 늦거나 할 일을 미루다가 제때 못하는 사람들을 답답해 했어요.

사람마다 타고난 기질이 다를 테고, 환경에 따라 변하는 사람도 있을 거예요. 느린 건 잘못되거나 이상한 게 아니라 단지 저와 다를 뿐이라는 걸 뒤늦게 깨달았어요. 빠르거나 느린 건 좋고 나쁘고의 문제가 아니라는 걸요. 누구나 자신만의 속도와 폭이 있으니까요.

오래전부터 저는 느리게 사는 법을 배우고 있어요. 느려서 좋은 게 얼

마든지 있다는 걸 알았거든요. 가령 달리거나 빨리 걷는다면 스쳐 지나
갔을 것들을 발견하는 기쁨이 커요. 천천히 생각을 굴리고 굴리다가 딱
맞는 단어를 가지런히 줄 세워 만든 문장은 웅숭깊어요.

　이제 저는 느린 사람들을 느긋한 마음으로 기다릴 줄 알아요. 느린 속
도로 살아가며 빛나는 삶의 무늬를 빚어내는 그들을 존중하고 믿어요.
느리게 산다는 건 어쩌면 시간을 죽죽 늘려서 길게 쓰는 게 아닐까, 하
는 생각을 해요.

　느린 것만큼은 자신 있다는 달미와 함께 주변을 두리번거려 보세요.
그러다가 눈에 띄는 무언가를 가만히 천천히 조용히 가끔 골똘히 바라
보는 건 어떨까요? 그동안 놓쳤던 걸 만나게 되는 놀라운 경험을 하게
될 거예요.

정연철

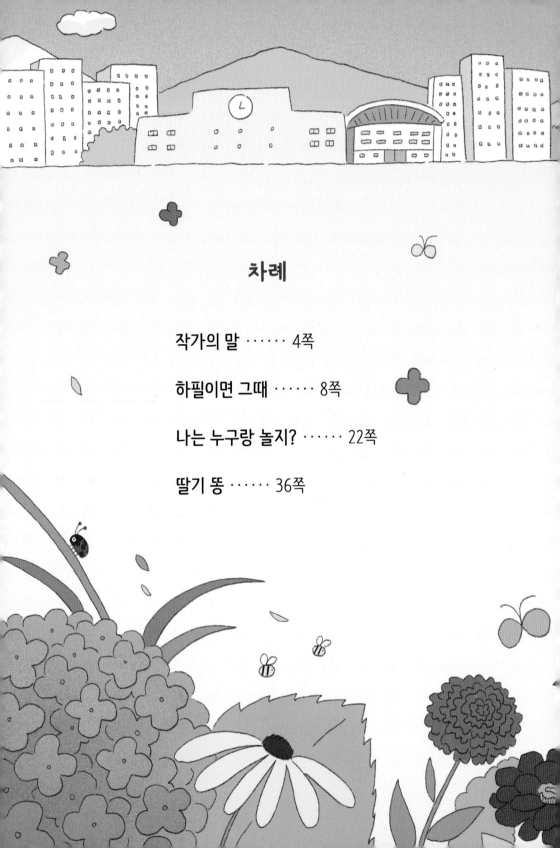

차례

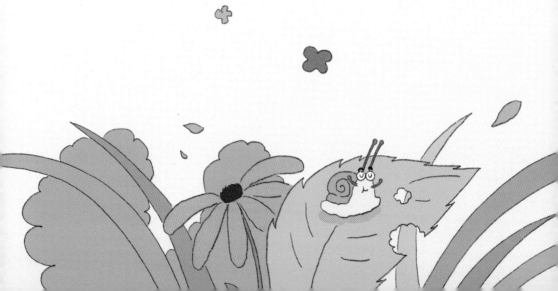

하필이면 그때

"잊은 거 없지?"

"또 엉뚱한 데 정신 팔지 말고 친구들하고 선생님 곁에 꼭 붙어 다녀."

"휴대폰 충전은 해 뒀나 모르겠네."

달미는 엄마 잔소리를 뒤로하고 현관문을 쾅 닫았어.

오늘은 멀리 있는 식물 박물관으로 체험 학습을 가는 날이야. 달미는 평소보다 일찍 일어나, 평소보다 일찍 밥을 먹고, 평소보다 일찍 집을 나섰어. 힘들었지만 안 늦고 싶었어.

"달미야, 제발 제발 부탁인데 내일만큼은 일찍 와

줘. 그럴 수 있지?"

자자 선생님이 불쌍한 표정으로 했던 말이 귀에 쟁쟁거렸어. 그런데 그게 사람 마음대로 되는 건 아니잖아. 학교 가는 길에 평소보다 신기한 일이 더 많이 벌어졌거든.

달미가 막 횡단보도를 건너려던 참이었어. 하필이면 그때, 어디선가 캉캉 소리가 들려왔어. 뒤를 돌아보니 인형같이 귀여운 강아지가 덩치가 우람한 개를 향해 짖고 있었어. 지나가는 사람들이 웃으며 구경했어. 달미는 자기도 모르게 다가가 동영상을 찍었어. 근데 어젯밤 충전하는 걸 깜빡해 배터리가 9%밖에 안 남아 있었어.

달미는 휴대폰을 가방에 넣고 횡단보도를 건넜어. 하필이면 그때, 바닥에 털퍼덕 주저앉아 학교 가기 싫다고 떼 쓰는 아이를 발견했어. 1학년 동생

같았어. 그 아이 엄마는 발을 동동 구르며 어쩔 줄 몰라 했어.

"학교도 재밌는데."

달미는 자기도 모르게 혼잣말을 했어. 2학년 누나답게 동생을 데리고 이것저것 구경하면서 학교에 가고 싶었어. 그렇지만 오늘은 시간이 없었어. 그때 버스 한 대가 지나갔어. 아니 두 대, 아니 세 대, 아니 네 대. 버스 안에는 애들이 타고 있었어.

"아, 맞다!"

달미는 정신이 번쩍 들었어. 헐레벌떡 뛰어갔어. 교문 쪽엔 버스가 한 대뿐이었어. 자자 선생님이 안절부절못하고 있다가 달미와 눈이 딱 마주쳤어.

"달미야, 달미야, 허달미야. 도대체 어디서 뭐 하다가 이제 오는 거야?"

"학교 오는 길을 잃어버렸나 봐요."

달미가 우물쭈물하는 사이 회장 우재민이 빈정대 듯 말했어. 애들이 킥킥거렸어.

"전화는 왜 또 안 받고?"

달미는 그제야 휴대폰을 꺼내 보았어. 자자 선생님하고 엄마한테 전화가 다섯 통이나 와 있었지. 그새 배터리가 5%로 줄어 있었어.

드디어 버스가 출발했어.

"네, 어머님. 걱정 마세요. 달미 방금 잘 도착했습니다."

자자 선생님은 통화를 끝내자마자 애들이 안전벨트를 맸는지 재빨리 확인했어.

"하여튼 허달미, 우주 최강 느림보!"

"허달미 때문에 이게 뭐야."

"이제 놀랍지도 않아."

애들이 투덜투덜 불만을 터뜨렸어.

"자자, 친구한테 나쁜 말 금지!"

자자 선생님이 엄격하게 말하고는 후유 후유 후유 후유 후유, 빠르게 한숨을 쉬었어.

달미는 고개를 푹 숙였어. 옆자리에 앉아 있던 조은실이 달미에게 사탕을 줄까 말까 망설였어.

두 시간이 훌쩍 지났어. 달미네 반 버스는 식물 박물관에 꼴찌로 도착했어. 다행히 애들은 즐거운 표정이었어. 한참 동안 재잘재잘 떠들며 돌아다녔어. 사진과 동영상을 찍었어. 달미는 그냥 혼자 천천히 구경만 하는 것도 괜찮았어.

어느새 점심시간이 되었어. 달미는 얼굴이 벌게지고 손바닥에 땀이 났어. 가방 안에 있던 도시락이 없어졌지 뭐야.

"잘 기억해 봐. 집에서 챙겨 온 건 맞아?"

자자 선생님 말에 달미는 잠시 헷갈렸어.

"맙소사! 허달미 진짜 가지가지 한다."

우재민이 또 한마디 했어. 자자 선생님이 우재민을 눈빛으로 꾸짖었어.

"자자, 우리 달미 도시락부터 찾아보고 다 함께 밥 먹을까? 연두색 바탕에 오리 그림이 그려져 있대

요. 자자, 딴 데로 새지 말고 선생님 따라 다니면서,
빨리빨리."

자자 선생님 말에 애들이 한숨을 쉬었어. 아무리
돌아다녀도 도시락 가방은 보이지 않았어. 애들은
어깨를 축 늘어뜨리고 터덜터덜 걸었어. 얼굴에 짜
증이 주렁주렁 달렸어.

"혹시…… 차에 두고 내린 거 아니야?"

조은실이 말할까 말까 주저하다가 가는 목소리로
말했어. 달미는 가슴이 덜컥 내려앉았어. 그 순간
가방 깊숙이 넣어 둔 과자를 먹으려고 도시락을 꺼
내 놓았던 게 기억났거든. 식물 박물관에 도착하자
마자 화장실이 급해 그걸 깜빡한 채 후닥닥 버스에
서 내렸던 것도.

아니나 다를까 도시락은 버스 안에 있었어. 달미
는 조은실이 고마웠어. 고맙다고 말하고 싶은데 부

끄러워서 못 했어.

　오후에도 식물 박물관을 돌아다니며 구경했어. 반 애들은 둘씩 셋씩 모여 신나게 다녔어. 달미는 애들을 졸졸 따라다니며 구경했지. 그것도 즐거웠어. 하필이면 그때, 달미 눈에 달팽이가 들어왔어.

　달미는 뭔가에 홀린 듯이 그 자리에 쪼그려 앉아 "안녕?" 하고 인사했어. 달팽이도 더듬이를 좌우로

흔들며 인사하는 것 같았어.

달팽이는 나뭇가지 끄트머리에 매달린 채 갈팡질
팡 더듬이를 움직였어. 떨어지면 어떡하지? 달미는
달팽이를 도와주고 싶었어. 손으로 잡으려던 순간
달팽이는 태연하게 왔던 길을 되돌아갔어. 그리고

눈 깜짝할 새 사라졌지.

달미는 뒤늦게 혼자라는 사실을 알아챘어. 심장이 벌렁거렸어. 여저저기 두리번거리며 뛰어다녔지만 자자 선생님과 친구들이 안 보였어. 휴대폰을 꺼내 보니 전원이 꺼진 상태였어.

달미는 벤치에 앉아 훌쩍거렸어. 그때였어.

"저기다! 선생님, 허달미 저기 있어요."

고개를 들어 보니 우재민이 팔짱을 낀 채 한심한 눈초리로 바라보고 있었어. 애들 표정도 마찬가지였어. 어쨌거나 고마웠어. 자자 선생님이 다가와 달미 손을 잡고 말했어.

"많이 놀랐지? 미안해. 선생님이 더 잘 챙겼어야 했는데."

달미는 고개를 절레절레 흔들었어. 혼날 줄 알았는데 그렇게 말해 줘서 눈물이 찔끔 나왔어.

애들과 함께 버스 있는 데로 돌아가니 다른 반 버스는 다 떠나고 없었어. 애들은 모두 자리에 앉아 안전벨트를 맸어. 그러고는 휴대폰으로 찍은 사진과 동영상을 보며 깔깔거렸어. 달미는 돌아오는 길에 창밖 구경도 하지 않았어. 결국 학교에 꼴찌로 도착했어.

"꼴찌 반 지겹다."

"허달미 때문이야. 진짜 못 말려."

"오늘 할머니 생신 잔치에 가야 되는데, 늦었어."

"아, 짜증나."

몇몇 애들이 툴툴대며 달미를 째려보았어. 달미
는 어깨가 절로 움츠러들었어.

"미, 미안."

달미는 기어들어 가는 목소리로 말했어.

달미는 애들 체험 학습을 망쳐서 속상했어. "앗싸! 학원 안 가도 된다. 허달미, 땡큐." 하면서 뛰어가는 애의 말은 전혀 위로가 되지 않았어. 자자 선생님은 뭐든 빨리빨리 일등으로 하는 걸 좋아하는데 계속 자기 때문에 꼴찌를 해서 미안했어. 한숨을 푹푹 쉬는 자자 선생님 얼굴을 보니 하루 새 폭삭 늙은 것 같았어. 그때 뒤에서 누군가가 어깨를 콕 찔렀어. 깜짝 놀라 뒤를 보니 조은실이었어.

"많이 무서웠지? 이제 괜찮아?"

조은실의 눈빛과 목소리에 걱정이 묻어 있었어.

"어? 어."

달미는 조은실을 멍하게 바라보았어. 조은실은 얼굴이 발개진 채로 뛰어갔어.

나는 누구랑 놀지?

달미는 엄마랑 마트에 다녀오는 길이었어. 엄마는 저만치 앞서갔지. 달미는 주위를 두리번거리며 느릿느릿 걸었어. 새로 생긴 분식점의 메뉴를 읽어 보다가 침을 꿀꺽 삼켰어. 조금 걷다가, 쪼그려 앉아 강아지풀을 골똘히 내려다보았어. 그러고는 집게손가락으로 톡 건드렸지. 달미는 흔들흔들 춤을 추는 강아지풀을 보고 씩 웃으며 또 걸었어. 그건 달미의 오래된 버릇이었어. 그냥 걷기만 하는 건 시시하니까.

저 멀리서 할머니가 달미 쪽으로 걸어왔어. 고깔모자 같은 걸 쓰고, 양손에 큰 봉지를 들고 말이야.

힘들어 보였어.

달미는 좀 굼뜨게 달려갔어. 엄마랑은 점점 더 멀어졌지.

"도와 드릴까요?"

"아유, 이렇게 고마울 데가."

고깔모자 할머니가 미소를 띤 채 대답했어.

"허달미! 빨리 못 오니?"

저 앞에서 엄마가 빽 소리쳤어. 달미는 엄마가 부끄러웠어. 엄마는 뭐든 빨랐어. 말도 빠르고 걸음도 빨랐어. 밥도 빨리 먹고 똥도 빨리 눴지. 달미는 엄마 뒷모습을 향해 혀를 쏙 내밀었어. 고깔모자 할머니가 웃었어.

"근데 할머니는 어디 살아요?"

"반달 빌라……."

"어? 우리 집도 거긴데? 근데 할머니 처음 봐요."

"……그 옆에 있는 빌라 옥탑방에 살지. 옥상에서 텃밭을 가꾼단달. 상추, 고추, 가지, 오이, 호박, 방울토마토……, 없는 게 없지. 그걸 사람들한테 내다 팔아."

평소랑 똑같은 속도로 걸었는데 어느새 반달 빌라 앞이었어.

"고맙달. 이건 팔다 남은 거."

고깔모자 할머니가 까만 봉지 하나를 내밀었어.

"감사합니다."

천천히 고개를 숙이고 더 천천히 들었을 때 고깔모자 할머니는 사라지고 없었어.

"안 들어오고 거기서 뭐 해?"

엄마가 베란다 창문을 열고 말했어. 달미는 한 계단 한 계단 올라갔어. 층계참에 우두커니 서서 창밖을 바라보았어. 나뭇잎이 바람에 흔들렸어. 나뭇잎이 예뻤어. 구름이 두둥실 흘러갔어. 구름도 예뻤어.

엄마는 저녁을 준비하고 있었어. 엄마는 요리 빨리하기 천재였어. 한꺼번에 된장찌개를 끓이고 소시지를 볶고 달걀프라이를 했거든. 그러면서 이것 저것 주섬주섬 대충 먹었지.

"아, 바쁘다, 바빠. 주말은 시간이 왜 이렇게 빨리 가는 거지?"

엄마가 혼잣말을 하며 베란다로 가 빨래를 걸었 어.

달미 혼자 식탁 의자에 앉아 저녁을 먹었어. 아빠 가 없으니까 심심했어.

달미는 한 숟갈 밥을 입안에 넣고 주위를 둘러보 았어. 소파에 거북이 인형이 뒤집어져 있었어. 달미 는 소파로 가 거북이를 옆구리에 끼웠어. 리모컨이 보여서 텔레비전을 틀었어. 좋아하는 만화 영화가 나왔어. 동물들이 나와 춤을 추고 노래를 불렀어.

"밥 먹다가 또 딴짓하고 있지?"

달미는 엄마가 더 잔소리를 하기 전에 식탁으로

갔어. 그러고는 텔레비전을 보면서 밥을 먹었어. 갑자기 화면이 시커메졌어. 엄마가 리모컨을 든 채 "스읏." 소리를 냈어. 만화 영화 속 악어처럼 험상궂은 표정이었어. 달미는 입안에 있는 음식을 오물오물 씹었어.

"엄마, 나 똥."

빨래를 개던 엄마가 휴, 한숨을 쉬었어. 그때 엄마 휴대폰이 울렸어.

달미는 거북이를 안고 화장실 변기에 걸터앉았어. 다리를 흔들었어. 재미있었어. 졸졸 오줌이 나왔어. 똥은 안 나왔어. 당연했어. 똥이 마려운 게 아니었으니까. 심심해서 거북이랑 함께 노래도 불렀어.

"똥 다 눴어?"

엄마가 갑자기 화장실 문을 열며 물었어.

"똥 안 나와."

달미는 모기만 한 목소리로 말했어. 엄마한테 딴

짓한 게 들통날까 봐 간이 콩닥거렸어.

"그럼 얼른 나와 밥 마저 먹어."

엄마가 덤덤하게 말했어. 휴, 다행이었어.

달미는 다시 식탁 의자에 앉았어. 엄마가 한 숟갈 떠먹여 주었어. 잔소리도 같이 먹여 주었어.

"네가 느림보 거북이야?"

"거북이 놀리는 거 싫어."

달미는 두 손으로 거북이의 귀를 막아 주었어. 엄마가 "칫." 하며 달미를 흘겨보았어.

"엄마, 근데 느린 게 나빠? 잘못이야?"

"불편하지."

"난 괜찮은데?"

"다른 사람이 답답해."

"다른 사람 안 답답하게 맞춰 주면서 살아야 돼? 그래서 빨리빨리 해야 하는 거야? 나 그건 좀 별론데……."

"지난번에 가족 여행 갔을 때 너 때문에 계획대로 된 게 하나도 없었잖아. 기억 안 나?"

"아빠가 그런 게 여행하는 재미랬어."

"엄마가 보고 싶은 게 얼마나 많았는지 알아? 돈 아깝게 반도 못 봤어."

달미는 그때만 생각하면 숨이 가빴어. 아침 일찍 일어나 밥 먹고 차 타고 박물관 갔다가 차 타고 미술관 갔다가 밥 먹고 차 타고 식물원 갔다가……. 여행을 온 게 아니라 숙제를 하는 것 같았거든.

"처음부터 계획 조금만 세우면 됐잖아!"

달미는 따지듯이 대꾸했어. 그러고는 다시 시무룩한 표정으로 눈을 말똥거렸어.

"휴, 너를 어쩜 좋니?"

엄마는 달미 입가에 묻은 밥풀을 떼어 주며 말했어.

"너 꾸물꾸물하는 거 친구들이 싫어해. 선생님도 싫어해. 아무도 너 안 기다려 줘. 혼자 노는 거 좋아?"

엄마는 흘러내린 달미의 앞머리를 귀 뒤로 넘겨
주며 말했어. 달미는 문득 어제 체험 학습 갔던 일
이 떠올라 기분이 울적해졌어. 엄마 말과는 달리 애
들은 달미를 기다려 줬지만 다 화나 있었어. 애들이
쏟아 낸 말들은 가시가 되어 달미를 찔렀어.

"엄마는? 엄마도 나 싫어?"

"엄마야 당연히 우리 달미를 누구보다 사랑하지.
하지만 친구들이 달미더러 느리다고 놀리고 무시하
면 엄마 속상할 거 같아."

엄마가 좀 슬픈 표정으로 말했어. 그러고는 빨갛
게 잘 익은 딸기를 씻어 주었어. 딸기를 먹으니 달
미는 슬퍼지려고 했던 마음이 달콤해졌어.

"이건 뭐니?"

엄마는 달미가 싱크대 위에 올려 둔 봉지를 보고
물었어.

“아까 어떤 할머니가 줬어. 팔다 남은 거래.”

“모르는 사람이 주는 거 덥석 받지 말라고 했어?
안 했어?”

엄마는 자기 할 말만 하고 봉지를 냉장고에 넣었어.
그리고는 청소기를 끌고 다니며 구석구석 밀었어.

얼마 뒤, 달미는 요구르트를 마시려고 냉장고 문

을 열었어. 그때 벌어진 봉지 안에서 뭔가 꿈틀댔
어. 달미는 조심스레 봉지를 들추어 보았어.

"앗, 이게 뭐야? 달팽이잖아."

연속 이틀 달팽이를 보다니 너무 신기했어. 달미
는 달팽이가 붙어 있는 상춧잎을 떼어 냈어. 그 순
간 청소기 소리가 멈췄어.

"뭐 해?"

엄마가 수상쩍다는 표정으로 다가왔어.

"아, 아무것도 아냐!"

달미는 급히 손을 등 뒤로 숨겼어. 뒤로 주춤 물러
나며 쪼르르 방으로 들어갔지.

한참 시간이 지났어. 달미는 엄마 몰래 재활용 쓰
레기를 뒤졌어. 딸기를 담았던 투명 플라스틱 통이
있었어. 구멍도 뚫려 있는 게 달팽이 집으로 딱이었
지.

달미는 플라스틱 통에 달팽이를 넣고 창틀에 올려
놓았어. 그러고는 침대에 걸터앉았어. 문득 아까 엄
마가 한 말이 떠올랐어.

"친구들이 다 싫어하면 나는 누구랑 놀아?"

달미는 혼잣말을 하고는 천장을 향해 휴, 한숨을
쉬었어.

"나랑 놀면 되지."

어딘가에서 낯선 소리가 들려 왔어.

"나는 누구랑 놀아?"

달미는 고개를 갸웃대며 다시 한 번 말했어.

"나랑 놀면 되지."

딸기 똥

"너지?"

달미는 손을 턱에 괸 채 물끄러미 달팽이를 바라보았어.

"맞달."

"그렇지? 체험 학습 갔을 때 우리 만났잖아. 근데 뿅 사라지고 없더라."

"그땐 사정이 좀……."

"무슨?"

"그건 비밀이달. 아, 참! 근데…… 너 혼자야? 친구 없어?"

달팽이가 말을 돌리며 조심스레 물었어.

"너무 느려서 친구들도 싫어하고 선생님도 싫어한대. 너도 느리니까 내 마음 알겠지?"

"아니달! 이래 봬도 세계 달팽이 선수권 단거리 간판 스타야. 달팽이 왕국에서 달팽이를 빛낸 100명의 위인들 중 한 명이고. 한마디로 난 인싸 달팽이달."

달미는 어안이 벙벙해서 피식 웃고 말았어.

"근데 왜 잡혀 온 거니?"

"그게, 빠른 건 좀 피곤하달. 그리고 잡혀 온 게 아니라 내가 찾아온 거달."

달팽이는 더듬이를 쭉쭉 뻗으며 말했어.

"나 안 무서워?"

"내가 인간 보는 눈이 높달."

달미는 왠지 기분이 좋았어.

"근데 너 왜 자꾸 말끝에 '달' 자를 붙여? 설마 '달' 팽이라서?"

"그렇달."

"재밌달."

달미는 달팽이 말투를 따라 했어. 달팽이는 더듬이를 으쓱했어.

"근데 인간들은 느리면 사는 게 힘들어? 아무도

안 놀아 줘? 희한하달."

"나는 그냥 느린 게 아니야. 느려 터졌어. 엄마가 그랬어."

"왜?"

달팽이가 큰 더듬이 두 개로 물음표를 만들었어. 달미는 빨리 먹다가 체하고 토했던 일이 떠올랐어. 빨리 가다가 자빠져 무릎에 피가 났던 일도 떠올랐어. 달미는 눈을 질끈 감고 머리를 흔들었어.

"빨리빨리 돌아가는 세상을 잘 따라가야 한대. 안 그러면 살기 힘들대. 난 별로 안 힘든데. 그냥 웃으니까 엄마가 나 때문에 속 터진대."

달미는 시무룩한 표정으로 고자질하듯 말했어.

"안됐달. 어쨌든 약속했으니 너랑 놀아는 줄게. 내 취향은 아니지만 지낼 곳도 마련해 줬으니까. 부탁 있으면 해. 인간들 세상엔 공짜는 없다고 들었달."

달미는 아빠 엄지손톱만 한 달팽이를 보며 킥킥댔어.

"달팽이 무시하면 큰코다친달."

달팽이가 더듬이를 부르르 떨며 말했어.

"사실 난 평범한 달팽이가 아니달."

"알아. 나도 말하는 달팽이는 처음 봤어."

달미는 문득 몇 달 전에 읽었던 전래 동화가 떠올랐어.

"혹시 우렁이 각시? 그러고 보니 좀 닮은 거 같아."

"우렁이는 먼 친척이달. 우린 생김새부터 엄청 다르달."

달미는 피식 웃음이 나왔어. 달팽이는 자존심이 상했는지 더듬이를 잘래잘래 흔들었어.

"그럼 달팽이 각시? 뭐지? 뭐야? 아, 궁금해."

"흠. 오늘 따라 딸기가 무지 당긴달."

맙소사! 밀고 당길 줄 아는 달팽이라니.

달미는 냉장고에서 딸기 하나를 꺼내 왔어. 달팽이는 딸기를 야금야금 갉아 먹었어. 조용한 방 안에 사각사각 소리가 들리는 것 같았어. 한참 뒤, 달팽이가 하품을 했어.

"아, 모험을 좀 했더니 온몸이 쑤신달."

달미는 달팽이가 할머니 같은 말을 하는 게 웃겼어.

어느새 밤이 깊었어. 달팽이의 더듬이가 움츠러들더니 이내 사라졌어. 달미는 달팽이를 빤히 바라보았어. 갑자기 달미도 잠이 쏟아졌어.

다음 날 아침, 달미는 눈을 번쩍 떴어. 햇살이 눈부셨어. 커튼이 바람에 나부꼈어. 오늘은 이모 결혼

식이 있는 날이었어.

달미는 벌떡 일어나 달팽이한테 갔어.

"안녕?"

달팽이는 아직 꿈나라에 있는지 옴짝달싹하지 않았어. 그때 길쭉하고 빨간 똥이 눈에 띄었어.

"피, 피, 피다. 다, 달팽아, 네 똥에 피 묻었어."

달미가 소리치는 바람에 달팽이가 화들짝 놀라 깨어났어.

"아이참. 난 또 뭐라고. 피똥 아니달. 달팽이는 먹은 거 색깔 그대로 똥을 눈달."

달팽이는 까칠하게 말한 뒤, 다시 스르르 잠에 빠져들었어.

달미는 화장실에서 면봉을 가져와 딸기 똥을 콕 찍었어. 그러고는 주방으로 가 딸기와 비교해 보았어. 색깔이 비슷했어. 달미는 마치 과학자가 된 기분이었어. 앗! 그런데 면봉을 너무 가까이 대는 바람에 달팽이 똥이 딸기에 묻고 말았어.

달미는 딸기와 면봉을 식탁 위에 두고 화장실로 가 손을 씻었어. 엄마가 방에서 하품하며 나오는 소리가 들렸어.

"먹다가 남기면 어떡해. 아깝게. 요즘 딸기가 얼마나 비싼데."

달미는 수건으로 손도 닦지 않고 달려갔어.

"어, 엄마?"

"왜?"

엄마가 딸기를 입에 넣고 우물거리며 물었어. 달미는 얼굴을 찌푸렸지.

"맛…… 있어?"

"맛있지, 그럼."

달미는 달팽이 똥을 먹은 엄마한테 미안했어. 하

지만 입을 꾹 다물기로 결심했어. 사실대로 말했다
간 엄마가 토할지도 모르니까.

X

쨍그랑, 데구루루…….

주방에서 뭔가 떨어지는 소리가 들렸어. 달미는 화들짝 놀라 주방으로 뛰어갔어. 엄마는 얼음이 되어 있었어. 다행히 그릇은 멀쩡했어.

"괜찮아?"

아빠가 그릇을 주우며 물었어.

"어, 괜찮아."

엄마가 머리를 흔들며 천천히 대답했어. 비틀대다가 식탁 모서리에 엉덩이를 부딪쳤어.

"왜 이러지?"

엄마는 고개를 갸웃거리며 한숨을 쉬었어.

"어디 안 좋아?"

"몸이 맘대로 안 움직여져. 말도 천천히 나오고. 아픈 건 아닌데 좀 답답해."

엄마는 주먹으로 가슴을 턱턱 쳤어.

"달미는 내가 챙길게. 어서 일 보고 와."

아빠가 걱정스러운 표정으로 말했어.

"어, 그럼 부탁해."

엄마는 평소와 다르게 느릿느릿 옷을 갈아입었어. 몇 번이나 실수한 끝에 겨우 신발을 신었어. 고개를 갸웃갸웃하면서 천천히 현관문을 열고 미용실로 갔어. 세상에 이런 일이! 엄마가 달미처럼 느려 터지게 되다니.

달미는 알아서 밥을 먹고 세수를 하고 이를 닦았어. 아빠는 달미가 드레스 입는 걸 도와주었어. 머리도 땋아 주었어.

달미는 방으로 들어가 달팽이 앞에 서서 한 바퀴
빙 돌았어.

"나 어때?"

"물이나 뿌려 줘. 목마르달."

달팽이는 자기 할 말만 했어. 달미는 입을 삐죽 내
밀고는 베란다 화분 옆에 있는 분무기를 가져 왔어.
그러고는 달팽이를 향해 칙칙 뿌려 주었어.

영차

"아, 이제 좀 살 만하달."

달팽이가 기지개를 켜듯 더듬이를 쭉 늘이며 말했어. 그러고는 배발(달팽이는 발이 없는 대신 배의 근육을 물결치듯 움직여 이동해요.)을 이용해 천천히 몸을 움직였어.

"뭐 해?"

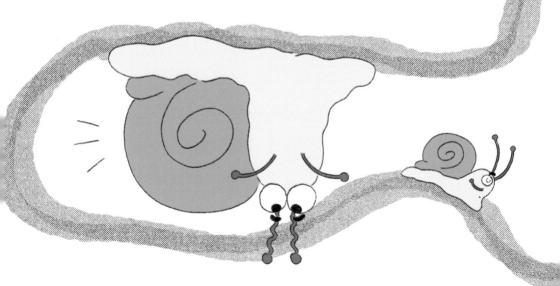

"꾸준히 몸매 관리해야지. 그래야 건강하게 오래 산달."

달미는 별걸 다 하는 달팽이가 신기하기만 했어.

"이것 봐. 더듬이에 근육 좀 생긴 것 같달."

달미는 빵 터질 뻔한 걸 가까스로 참았어.

"참, 엄마가 좀 이상해."

"어떻게?"

"몸이 느려졌어. 말도 천천히 나오고."

"갑자기?"

달미는 고개를 끄덕끄덕했어. 달팽이는 더듬이를 갸웃갸웃했어. 수상쩍다는 듯 달미를 빤히 바라보았어.

"혹시…… 너, 내 똥에 손댔어?"

달미는 가슴이 뜨끔했어.

"아주아주 조금 딸기에 묻혔어, 실수로. 그걸 엄마가 먹어 버렸어."

달팽이는 심각한 표정으로 더듬이를 움찔거렸어.

"나 잘못한 거야? 그럼 큰일 나? 우리 엄마 입원해?"

달미는 잔뜩 겁먹은 얼굴로 여러 가지를 한꺼번에 물었어.

"염려 마. 인간들마다 약간 차이는 있지만 한나절쯤 지나면 점점 괜찮아진달."

달미는 달팽이 말을 믿을 수밖에 없었어.

한 시간 쯤 지난 뒤, 엄마가 돌아왔어. 올림머리를 한 채 고개를 갸웃갸웃하면서. 꼭 달팽이가 더듬이를 움직이는 것 같았어.

"당신 괜찮아?"

"응. 아까보다는 좀 나아졌어."

"다행이네. 그럼 이제 출발해 볼까?"

아빠가 넥타이를 매며 말했어. 하필이면 그때, 달미는 배가 아파 왔어.

"엄마, 나 똥."

"하여튼 허달미! 진작 다녀왔어야지. 안 그래도 늦었는데 넌 정말. 얼른 다녀와."

엄마가 바락, 아니 바아아아아락 화를 냈어. 달미는 속으로 킥킥거렸어.

달미가 똥을 누는 동안 엄마는 다섯 번이나 "다 눴어?" 하고 물었어. 그러니까 나오려던 똥이 도로 들어갔어. 달미는 그냥 화장실에서 나왔어.

"시간이 벌써 이렇게나 지났어. 빨리 가자, 여보."

엄마가 재촉하자 아빠는 서둘러 차를 몰았어. 그런데 예식장을 얼마 안 남기고 아빠는 거북이 운전을 했어. 차가 천천히 가니까 차창 밖으로 구경할

게 많았어. 달미는 건물 간판들을 읽었어. 빵집을 보자 침이 나왔어. 상상으로 마들렌을 먹었어. 달고 부드러웠어. 키즈 카페를 보고는 상상으로 방방이를 뛰었어. 신났어.

얼마 뒤, 차는 아예 멈추고 말았어. 삐용삐용, 어딘가에서 구급차 소리가 들렸어. 라디오에서 뉴스가 방송되고 있었어. 예식장 근처에 큰 사고가 나서 차들이 마구 뒤엉켰다고 했어. 엄마는 발을 동동, 아니 도옹도옹 굴렀어.

결국 달미네 가족은 결혼식이 다 끝난 뒤에야 예식장에 도착했어. 엄마가 속상해 하니까 이모가 환히 웃으며 괜찮다고 위로해 주었어. 달미는 뷔페를 먹을 수 있어 다행이라고 생각했어. 그런데 식당에 가자마자 또 배가 슬슬 아파 왔어.

달미는 똥 누는데 시간이 오래 걸렸어. 똥을 다 누

고 식당에 가니 뷔페 먹는 시간이 다 끝났어. 달미
는 억울했어. 느려 터지게 나오는 똥이 미웠어. 그
러다가 찔려서 똥한테 미안한 마음이 들었어.

"이왕 이렇게 된 거 외식이나 할까?"

아빠가 가볍게 손뼉을 치며 말했어. 엄마는 "그리

지 뭐." 하며 가볍게 한숨을 쉬었어. 달미는 금세 기분이 붕 떴어.

그날 달미 가족은 집 근처 호수가 내려다보이는 레스토랑에서 외식을 했어. 달미는 스테이크를 천천히 꼭꼭 씹어 삼켰어. 달미는 디저트로 바닐라 아이스

크림을 먹었어. 혀끝에서 시작된 단맛이 입안 전체로 퍼져 나갔어. 행복했어.

달미는 엄마 아빠와 함께 호수 공원 주변을 걸었어. 그러다가 벤치에 앉아 잔잔한 호수를 멍하게 바라보았어. 청둥오리 몇 마리가 자맥질을 하고 있었어. 달미는 물결처럼 느리게 흐르는 시간이 좋았어. 그때 누군가가 알은척했어.

"앗, 허달미다."

달미는 깜짝 놀라 뒤를 돌아보았어. 조은실이 유모차를 끌고 지나가는 중이었어.

"드레스 예쁘다."

"고, 고마워."

달미는 부끄럽고 좋았어.

"내 동생. 귀엽지?"

달미는 고개를 끄덕였어. 조은실 동생은 아기였

는데 실리콘 젖꼭지를 문 채 잠들어 있었어. 달미는

무슨 말을 할까 망설였어. 그때 엄마가 끼어들었어.

"어머, 우리 달미 친구야? 이름이?"

"은실이요. 조은실."

"이름도 이쁘네. 설마 둘만 온 건 아니지?"

"저기."

저 멀리 조은실 엄마 아빠가 손을 잡고 걸어오며

달미 엄마 아빠를 향해 고개를 숙였어. 달미 엄마 아빠도 고개를 숙였어.

"동생 돌보는 거야? 어쩜 이렇게 어른스럽니? 우리 달미는 아직 아기라서 일일이 다 챙겨 줘야 하는데."

엄마는 괜히 쓸데없는 말을 했어. 달미가 눈치를 줬지만 소용없었어. 그 사이 조은실 동생이 깨서 칭얼댔어.

"언제 우리 집에 놀러 와. 아줌마가 맛있는 거 해 줄게."

조은실은 "네." 하고 씩씩하게 대답하고는 달미한테 손을 흔들었어. 달미도 손을 흔들었어. 조은실이 멀어지자 달미는 발끈했어.

"창피하게 진짜. 엄마 때문에 못 살아!"

엄마는 아빠를 바라보며 어깨를 으쓱했어.

"당신이 잘못했어."

아빠가 편들어 주어서 달미는 기분이 조금 풀렸어. 달미는 아빠 손만 잡고 걸어갔어. 호수가 햇살에 반짝반짝 빛났어.

집에 돌아오자마자 엄마는 소파에 털퍼덕 앉았어. 엄마는 바람 빠진 풍선처럼 시무룩해졌어. 휴, 느리게 한숨을 여러 번 쉬었어.

"달미야, 엄마가 미안해."

"뭐가?"

"그냥."

엄마가 눈물을 글썽거리며 말했어.

"하루 종일 뭐에 씐 것 같아. 속상해. 언니 결혼식도 못 보고."

"빨리 가다가 교통사고 당했다고 생각해 봐. 얼마

나 아찔해. 마침 우리 달미가 똥이 마려웠기 망정이지."

아빠가 달미한테 윙크를 했어. 그러고는 엄마 등을 토닥여 주었어. 달미도 엄마를 폭 안아 주었어.

"그러게. 달미 덕분에 우리 살았달."

엄마가 손으로 달미 등을 쓸어내리며 말했어. 언뜻 엄마가 달팽이 말투를 따라 하는 것 같았어. 달미는 골똘히 생각에 빠졌어. 얼마 뒤, 갑자기 머릿속에 불이 번쩍 했어. 혹시 달팽이 똥 때문에? 달미는 쪼르르 방으로 달려갔어.

"달팽아, 달팽아! 네 똥 있잖아. 그거……."

"쉿!"

달팽이가 더듬이로 'X' 자를 만들었어.

"낮말은 해가 듣고 밤말은 달이 듣는달."

달미는 해와 달이 아니고 새와 쥐라고 말하려다가

그냥 고개를 끄덕끄덕했어.

"맞달. 난 평범한 달팽이 아니달. 그리고 내 똥도!"

"응!"

"그나저나 오늘은 바나나가 좀 당긴달."

달미는 두말 않고 바나나를 가져 왔어. 달팽이한테 조금 떼 주고 나머지는 달미가 먹었어. 기분이 노랗고 부드럽고 달콤했어.

바나나 똥

"달미야, 얼른 일어나. 이러다 늦겠어."

엄마가 달미를 흔들어 깨웠어. 달미는 가만히 누운 채 눈만 가늘게 떴어. 그러고는 잠 묻은 목소리로 물었어.

"엄마, 괜찮아?"

"뭐가?"

"어제 느려 터졌잖아. 고개도 계속 갸웃갸웃하고."

"어머, 얘는 느려 터진 게 뭐니? 말을 해도. 뭐 어쨌든 괜찮아. 봐, 멀쩡해."

"왜?"

달미는 실망이 이만저만이 아니었어. 잠이 확 달아났지. 그제야 한나절 지나면 괜찮아질 거라던 달팽이의 말이 떠올랐어.

"말이야 방귀야? 왜라니?"

"나 방귀 안 뀌었어!"

"너랑 말다툼할 시간 없어. 빨리 밥 먹어. 엄마 일 있어서 나가 봐야 돼."

엄마가 시간에 쫓기듯이 방에서 나갔어. 바람이 휙 불었어. 달미는 엄마한테 또 달팽이 똥을 먹이고 싶었어. 달미는 기지개를 켜며 느릿느릿 달팽이 곁으로 갔어. 그때 바나나 똥이 눈에 들어왔어.

달미는 식탁 위에 있던 바나나를 들고 왔어. 면봉에 바나나 똥을 묻혀 바나나에 발랐어. 그러고는 둘로 나누어 한쪽만 들고 주방으로 갔어.

"엄마. 바나나 맛이 이상해."

달미는 엄마한테 바나나를 건넸어.

"그래?"

엄마는 아무 의심 없이 바나나를 먹었어. "괜찮은데?" 하고는 혀로 입술을 핥았어.

달미는 엄마 눈치를 살피며 천천히 밥을 먹었어. 바나나 똥 생각을 하다가 며칠 전 수업 시간에 '강아지똥' 이야기를 해 준 자자 선생님이 떠올랐어. 자자 선생님은 엄마보다 더 빨랐어. 수업도 빨리빨리 했어. 자주 뛰어다녔어. 급식 시간에 밥도 엄청 빨리 먹었어. 소화가 잘 안 되는지 교실에서 자주 끅끅 트림을 했어. 애들이 시끄럽게 떠들 때 방귀도 부부부부부붕, 연달아 빠르게 뀌었어.

너무 빠르다 보니 못 보고 지나치는 게 많았지. 자주 깜빡깜빡했어. 어쩜 바나나 똥이 맨날맨날 너무 바쁜 자자 선생님한테 쓸모가 있을지도 몰라. 달미는 그 생각에 씩 웃음이 나왔어.

달미는 엄마 몰래 면봉으로 바나나 똥을 찍어 비닐 팩에 넣었어. 꼭 닭이 낳은 달걀을 훔쳐 가는 기분이었지만 두근대고 재밌었어. 집을 나서기 전 달미는 냉장고에서 꺼낸 싱싱한 상추를 달팽이 집에 넣어 두었어. 분무기로 물을 칙칙 뿌려 주는 것도

잊지 않았지. 그러고는 달팽이 집을 침대 밑에 숨겨
두었어.

학교 가는 길에 달미는 모과나무에서 전깃줄로 날
아가는 참새 떼를 만났어. 두 팔로 포르릉포르릉 날
갯짓을 따라 했어. 조금 더 가자 고양이 한 마리가
나타났어. 달미는 "안녕?" 인사하며 손을 흔들었어.
고양이는 시큰둥하게 달미를 스쳐 지나갔어. 달미
는 입술을 삐죽 내밀었어.

얼마 뒤, 달미는 주위에 학교 가는 애들이 아무도 없다는 사실을 깨달았어. 그래도 괜찮았어. 아직 시간이 남아 있었거든.

교문 안으로 들어섰어. 어제보다 꽃잎이 더 벌어진 덩굴장미가 달미를 반겼어. 달미는 덩굴장미를 향해 활짝 웃었어. 조금 걸어가 라일락 꽃에 코를 대고 향기를 맡았지. 꽃은 시들기 시작했지만 향기는 여전히 진했어. 달미는 붕붕대며 마지막 꿀을 따는 꿀벌들을 바라보았어.

달미는 여기저기 두리번거리며 학교를 한 바퀴 빙 돌았어. 식물마다 붙어 있는 이름표를 보며 하나하나 읽었어. 백일홍, 맥문동, 마리골드, 수국, 칸나, 루드베키아……. 이제는 달달 외울 정도였어.

종소리가 끝나기 직전 달미는 교실에 발을 들여놓았어. 아침부터 날이 더웠어. 달미는 손등으로 이마에 난 땀을 닦았어. 그때 자자 선생님이 휴대폰을 들고 재빨리 복도로 뛰쳐나갔어. 오! 기회가 이렇게 빨리 찾아올 줄이야.

달미는 자자 선생님 책상 쪽으로 가 학급 문고 책을 고르는 척했어. 탁자 위에는 언제나처럼 커피가 담긴 컵이 놓여 있었어. 달미는 곁눈질을 하며 달팽이 똥이 묻은 면봉을 컵에 넣고 휘휘 저었어. 그러다가 조은실과 눈이 딱 마주쳤어. 간이 콩닥콩닥 뛰었어. 달미는 집게손가락을 입술에 댔어. 조은실이

씩 웃으며 고개를 끄덕였어.

"허달미, 거기서 뭐 해?"

자자 선생님 말에 달미는 면봉을 재빨리 등 뒤로 숨겼어.

"어서 자리에 앉아야지."

달미는 어느 때보다 빠른 동작으로 자리에 돌아왔어.

"자자, 조용!"

자자 선생님은 애들을 향해 서둘러 교과서를 펴라고 했어. 그러고는 바로 수업하느라 커피 마시는 걸 깜빡하고 말았어. 시간은 배달 오토바이처럼 쌩 지나갔어. 마치는 종소리가 울렸어.

"아, 맞다."

자자 선생님이 그제야 다 식은 커피를 꿀꺽 삼켰어. 달미는 가슴이 두근거렸어.

쉬는 시간에 달미는 자자 선생님을 관찰하느라 화장실도 안 갔어. 자자 선생님은 종이 울리기도 전에 애들을 향해 외쳤어.

"자자, 얼른 자리에 앉아요. 곧 수업 시작이에요!"

자자 선생님이 손뼉을 크게 치며 말했어. 달미는 그 시간 동안 할 수 있는 일이 많았어. 창문을 열고 바깥 공기를 마실 수도 있고, 화분에 심은 튤립에 눈길도 주고 말도 걸 수 있었지. 하지만 자자 선생님이 재촉하는 바람에 하나도 못 했어.

"자자, 집중! 지입중! 지입중하세요오!"

자자 선생님 말이 치즈처럼 길게 늘어졌어. 달팽이 똥 효과가 나타난 거였어. 자자 선생님은 손부채질을 하며 수업을 했어. 답답한지 주먹으로 가슴을 치기도 했어.

자자 선생님이 칠판에 필기하는 것과 말하는 속도

가 갈수록 어긋났어. 말이 잘못 나오기도 하고, 걸어 다니다가 책상에 부딪치기도 했어. 다리가 꼬여 자빠질 뻔하기도 했어. 애들은 히죽히죽 웃었어.

"자아자아, 조요옹! 조오요옹!"

자자 선생님은 느리게 한숨을 쉬며 창밖을 바라보았어.

달미도 창밖을 바라보았어. 파란 하늘에 흰 구름이 느려 터지게 흘러갔어. 달미는 수업 중에 구름을 보는 게 좋았어. 자자 선생님한테 산만하다고 지적당하기도 했지만 말이야.

오후가 되자 날이 푹푹 쪘어. 5교시는 창체(창의적 체험 활동) 시간이었어. 오늘은 학교 화단에 있는 식물들을 관찰하기로 했어. 달미는 자신 있었어. 관찰은 천천히 느리게 하는 거니까. 화단 주위는 금세 시끌벅적해졌어.

"자아자아, 조요오옹!"

자자 선생님 말에도 애들은 아랑곳하지 않았어.

"오늘 날이 너무 더워서 식물들도 목이 마를 거예요. 잎을 보세요. 시들시들하죠? 자자, 이건 뭘까요? 바로 스프링클러예요."

자자 선생님은 이상하게 생긴 기계를 가리켰어. 그러더니 "이렇게 하면?" 하고 혼잣말을 하면서 여기저기 만지작거렸어.

그때였어. 스프링클러에서 물이 마구 쏟아져 나왔어. 자자 선생님은 깜짝 놀라 멈칫했어. 그것도 잠시 그대로 물줄기를 맞았어. 샤워하는 것처럼 세수하고 머리를 뒤로 쓸어 넘겼지. 애들이 그 모습을 보며 배꼽을 잡고 깔깔 웃어 젖혔어.

어느새 애들도 물속으로 뛰어들었어. 폴짝폴짝 뛰고 손으로 물을 튕겼어. 웃음소리가 빗줄기처럼

쏟아졌어. 자자 선생님이 제일 신나 보였어. 달팽이

한테 분무기로 물을 뿌려 준 것처럼 좋아했어. 달미

도 참을 수 없어서 함께 뛰어놀았어.

"여기 이렇게 예쁜 꽃이 있었나?"

얼마 뒤, 자자 선생님은 혼잣말을 하면서 화단 구

석으로 걸어갔어. 그러고는 쪼그려 앉아 한참을 바

라보았지. 벤치에 놓아두었던 휴대폰을 들고 사진

도 찍었어.

"수국이에요."

달미가 수줍은 듯 말했어.

"그 정도는 선생님도 알고 있지. 근데 달미 대단한

데? 꽃 이름도 알고."

"수국은 흙이 산성이면 파란색이 되고, 알칼리성

이면 분홍색이 된대요."

자자 선생님 눈이 휘둥그레졌어. 애들이 하나둘

모였지. 달미는 어깨를 으쓱하며 화단에 피어난 꽃의 이름을 하나하나 말했어.

"헐, 잘난척쟁이. 이름표 다 붙어 있거든."

우재민이 찬물을 끼얹었어. 애들이 그럴 줄 알았다는 표정으로 고개를 끄덕였어.

"나 그거 안 보고도 알 수 있어!"

달미가 평소보다 좀 더 빠르고 큰 목소리로 말했어. 자자 선생님 얼굴에 잔잔한 미소가 번졌어. 달미는 자자 선생님 얼굴에 저런 미소가 숨겨져 있다는 걸 처음 알았어.

"나는 달미 믿어."

조은실이 모기만 한 소리로 말했어. 아쉽게도 달미는 못 들었어.

방과 후에 달미는 요리 교실로 갔어. 복도에 잠시

머물면서 창턱에 앉은 비둘기랑 눈을 맞추었어. 콧
노래를 불렀어. 저 멀리 삼각형 산을 바라보았어.
자자 선생님이 달미한테 '산만하다'고 했던 말이 떠
올랐어. 달미는 산이 좋았어. 풀과 나무와 꽃과 새
와 다람쥐가 있는 산이 좋았어. 그래서 '산만하다'는
말이 마음에 들었어.

천천히 눈길을 돌렸어. 가만히 조용히 천천히 보면 눈에 들어오는 게 많았어. 교문 쪽에 우뚝 선 은행나무 이파리가 바람에 팔랑거렸어. 달미도 춤을 추듯 고개를 흔들흔들했지. 그러느라 요리 교실에 조금 늦게 갔어.

요리 교실에서 달미는 조각 피자를 만들었어. 냄새가 좋았어. 맛도 그런대로 괜찮았어. 달미는 엄마 아빠 몫을 챙기고 한 조각은 종이에 싸서 들고 복도로 나갔어. 가다가 피자를 찔끔 떼서 창턱에 올려 두었지. 비둘기 간식이었어.

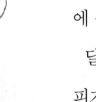

달미는 교실에 들어가 자자 선생님한테 피자를 내밀었어.

"웬 거니?"

"요리 교실에서 내가 만들었어요."

"제가."

"제가."

"그래, 고맙구나."

달미는 씩 웃으며 고개를 꾸벅했어.

"그래, 어서 가 봐. 내일 골든벨 대회 준비 잘 하고."

달미는 "네." 대답하고는 복도를 향해 걸어갔어. 골든벨 대회? 그러고 보니 지난달부터 매주 자자 선생님이 강조했던 말이었어. 달미는 그냥 흘려들었는데 갑자기 관심이 막 생기기 시작했어. 그동안 자자 선생님이 달미한테 주로 하는 말은 "늦었네?", "늦었구나.", "또야?", "늦지 마.", "빨리.", "어서." 말고는 별로 없었거든. 달미는 기분이 얼떨떨했어. 그러다가 실수로 출입문에 어깨를 쿵 부딪쳤어.

"천천히 가. 다치겠다."

자자 선생님이 피자를 먹으며 말했어. 달미는 기분이 귤처럼 새콤달콤해졌어.

"맛있달."

뒤에서 자자 선생님 목소리가 들려왔어. 언뜻 달팽이 말투 같기도 했어. 어쩐지 자자 선생님이 '차차' 선생님이 된 것 같았어.

달미는 느릿느릿 달려갔어. 그러고는 집 현관문을 열자마자 소리쳤어.

"엄마, 골든벨 대회 예상 문제지 어디 있어?"

"갑자기 그건 왜?"

"그런 게 있어."

"엄마가 같이 공부하자고 꼬드길 땐 들은 척도 안 하더니, 웬일?"

엄마는 구시렁대면서도 문제지를 찾아 주었어. 달미는 방문을 닫고 가방을 멘 채 의자에 앉아 공부했어. 그러다가 문득 달팽이 생각이 났어. 달미는 가방을 내려놓았어. 그러고는 침대 밑에 있는 달팽

이 집을 꺼내 창틀에 올렸어.

"달팽 달팽 달팽아!"

"왜 이렇게 호들갑?"

"네 바나나 똥……."

달팽이가 더듬이로 또 'X' 자를 만들었어. 달미는
손으로 입을 막았어.

"미안. 깜빡했어."

"알면 됐달."

"참, 이거 문제 좀 내 줄래? 내가 맞혀 볼게. 나 내
일 골든벨 대회에 나가거든."

"싫은데."

"도와주면 안 돼?"

"사실 나 한글 못 읽어."

"가르쳐 줄까?"

"아, 갑자기 졸린달."

"하는 수 없지. 내 꿈 꿔."

달미는 손으로 달팽이 등을 쓰다듬는 시늉을 하며 말했어. 그러고는 달팽이가 자는 동안 계속 혼자 공부했어. 밥 먹다가도 오줌을 누다가도 공부했지. 엄마 아빠가 놀란 눈으로 바라보았지만 달미는 문제를 보고 답을 달달 외우기만 했어. 달미는 피곤해서 침대에 누운 채로 공부했어. 그러다가 까무룩 잠이 들어 버렸어.

골든벨 대회

"엄마, 나 빨리 안 깨우고 뭐 했어?"

"우리 달미 입에서 '빨리'라는 소리가 나오다니. 오늘은 해가 서쪽에서 떴나?"

엄마가 해죽거렸지만 달미는 농담할 기분이 아니었어.

"망했어."

"그냥 참가하는 데 의의를 둬, 달미야. 기대가 크면 실망도 큰 법."

엄마가 타일러도 달미는 대꾸하지 않았어. 서둘러 아침을 먹고 가방을 메고 현관문을 나섰어.

"쟤가 저렇게 동작이 빠른 애였어?"

엄마가 혼잣말을 하며 빙긋이 웃었어.

오늘은 골든벨 대회가 있는 날이었어. 한 달 전, 학교 홈페이지에 예상 문제 100개가 올라왔어. 며칠 전부터 애들은 쉬는 시간마다 게임처럼 서로 문제를 내고 답을 맞혔어. 달미는 한 손에 골든벨 대회 예상 문제지를 들고 달달 외우면서 학교로 갔어.

점심시간이 지나고 2학년 7개 반 150여 명이 모두 강당에 모였어. 진행은 자자 선생님이 맡았어. 난장판이었던 강당 안이 차츰 조용해졌어.

"자자, 여러분. 드디어 기다리고 기다리던 날이 되었습니다."

강당 안은 박수와 함성으로 가득 찼어.

"자자, 지금부터 50명이 남을 때까지 OX 퀴즈를 내겠습니다. 참고로 OX 퀴즈는 예상 문제지에는 없지만 교과서에 있는 문제들입니다."

강당 안이 술렁거렸어.

"자자, 조용 조용! 문제 나갑니다."

자자 선생님이 OX 퀴즈를 내고 정답을 외칠 때마다 강당 안이 들썩들썩했어. 다섯 번째 문제에서 35명만 남게 되자 패자 부활전을 했지.

50명만 남게 되었을 때, 애들은 번호가 붙은 모자를 쓰고 번호가 표시된 강당 바닥에 앉았어. 거기엔

작은 화이트보드와 보드 마커와 지우개가 놓여 있
었어. 달미는 가슴이 쿵쾅쿵쾅 뛰었어. 달미 반에서
는 다섯 명이 포함되었는데 그중 달미도 있었거든.
OX 퀴즈 중 세 개는 알고 있었고 두 개는 찍었는데
운 좋게도 다 맞힌 거였어.

"자자, 지금부터 최종 우승자가 나올 때까지 빨리
빨리 진행하겠습니다. 자자, 다 함께 큰 소리로 도

전, 골든벨을!"

"울려라!"

자자 선생님 말에 애들은 약속이나 한 듯 외쳤어.

퀴즈의 정답이 발표될 때마다 두세 명씩 탈락했어. 달미는 행운이 꼬리에 꼬리를 물었어. 계속 그 자리를 지켰거든. 우재민은 뜻밖이라는 듯 고개를 갸웃거렸어.

마침내 최종 3명만 남았을 때였어.

"오 마이 갓! 말도 안 돼."

우재민이 탈락하면서 달미를 향해 말했어. 달미 반 애들은 모두 입이 쩍 벌어졌지. 자자 선생님마저 흥분된 목소리로 말했어.

"자자, 문제 나갑니다. 마지막 문제가 될 수도 있습니다. 우리 학교를 상징하는 나무가 있는데요."

달미를 제외한 나머지 두 명은 거기까지만 듣고

씩 웃으며 답을 적기 시작했어.

"바로 교문 쪽에 있는 은행나무죠?"

둘은 실망한 표정으로 답을 지웠어.

"자자, 이건 예상 문제지에 없던 건데요. 그럼 은행나무의 수령, 즉 나이는 몇 살일까요?"

오만 가지 숫자가 강당 안에 비처럼 쏟아져 내렸어.

"자자, 조용! 조용! 5, 4, 3, 2, 1."

애들 모두가 한 목소리로 외쳤어.

"자자, 정답 판을 들어 주세요! 자자, 답이 모두 다른데요. 민지수 어린이는 500살. 하태운 어린이는 700살, 마지막으로 허달미 어린이는 501살. 오! 여기에 정답이 있습니다, 여러분."

강당 안이 우레와 같은 함성으로 가득 찼어.

"자자, 정답은 바로, 500살. 민지수 어린이가 골든벨을 울렸습니다."

2, 3등 결정전에서 달미는 더 이상 행운이 따르지 않았어. 머리를 긁적이며 반 애들이 있는 곳으로 걸어갔지. 애들이 놀란 눈으로 달미를 바라보았어. 반에서 제일 얌전한 조은실 혼자 벌떡 일어서서 박수를 쳤어. 달미는 구름 위를 걷는 기분이었어. 조은실한테 입 모양으로 "고마워." 하고 말했어. 조은실은 이를 보이며 환히 웃었어.

교실에는 샌드위치와 오렌지 주스가 배달되어 있었어.

"자자, 이건 달미 덕분에 먹는 거예요. 3등 상품이거든. 이런 재능이 있는 줄 몰랐네. 달미, 오늘 최고였어."

자자 선생님이 엄지손가락을 추켜세우며 말했어.

"야, 허달미. 근데 500살이면 500살이지 501살은

뭐냐?"

우재민이 샌드위치를 한 입 베어 문 채 시비 걸 듯 물었어.

"1학년 때 500살이라고 적혀 있었단 말이야. 1년 지났으니까 더하기 1을 한 것뿐인데……."

"오! 말 된다. 선생님, 그럼 허달미가 1등 아니에요?"

우재민이 눈을 똥그랗게 뜨고 질문했어.

"정말 그러네. 왜 그 생각을 못했지? 이거 정식으로 건의해 봐야 되겠다. 근데 그건 또 언제 본 거니?"

"천천히 걸어가다가 그냥 읽어 본 건데. 재밌어요."

자자 선생님 물음에 달미는 별것 아니라는 듯이 말했어.

"아, 천천히 가다가? 그게 비결이었구나. 선생님도 달미 따라쟁이나 되어 볼까?"

애들은 다들 입을 오물거리며 고개만 끄덕끄덕했
어.

오늘 달미는 마치 주인공이 된 것 같았어. 집으로
돌아가는 발걸음이 가벼웠어.

달미는 지난번에 만났던 강아지풀 앞에 또 쪼그려
앉았어. 마침 무당벌레가 눈에 띄었어.

"나 오늘 골든벨 대회에서 3등 했다. 근데 어쩌면
1등일지도 몰라."

달미는 당당하게 자랑하고 집게손가락을 내밀었
어. 무당벌레가 달미 손가락에 올라탔어. 발발 기어
오르더니 손가락 끝에서 두 날개를 펼치고 날아올
랐어. 마치 축하한다는 듯이 말이야. 달미는 자기도
모르게 박수를 쳤어. 가슴이 벅차올랐지.

달달 챔피언 대작전

그날 저녁, 엄마는 특별히 떡볶이를 만들어 주었어. 내내 콧노래를 부르면서 말이야. 엉덩이 춤도 추었는데 그건 엄마가 진짜 기분 좋을 때 추는 춤이었지.

떡볶이 맛은 끝내줬어. 달미는 나중에 조은실을 집에 초대할 때 엄마가 떡볶이를 해 주면 좋겠다고 생각했어. 달미는 냠냠, 소리를 내며 떡볶이를 먹었어.

"엄마, 나 좀 똑똑한 거 같아."

"그럼, 누구 딸인데."

엄마는 손을 턱에 괴고 달미를 빤히 바라보았어.

"왜? 나 지금 느려 터졌어?"

"아니, 그냥. 예뻐서. 그리고 느린 게 뭐 어때서?"

달미는 엄마 말에 기분이 말랑말랑해졌어.

"참, 아빠 그 소식 듣고 기뻐서 소리 질렀다가 부장님한테 혼났대. 오늘 좀 늦는데 이따가 달미 좋아하는 초콜릿 케이크 사 올 거야."

엄마가 달미 입에 삶은 달걀을 먹여 주며 천천히 말했어. 달걀이 케이크같이 보드랍고 달콤했어. 우연히 창밖을 보니 보름달이 환하게 떴어.

"엄마, 달."

"어? 정말 그러네."

엄마와 달미는 손을 잡고 느릿느릿 창가로 갔어.

"달미야, 달님 보고 소원 빌자."

엄마와 달미는 두 손을 모으고 눈을 꼭 감고 소원을 빌었어. 얼마 뒤, 엄마가 달미를 바라보며 물었어.

"소원 뭐 빌었어?"

"음, 거북이랑 같이 만화 영화 보면서 밥 먹게 해
달라고. 한 시간 동안."

"설마 그걸 소원이라고 빈 거니?"

달미는 뭐라고 대답해야 할지 몰라 가만히 있었
어. 엄마가 "못 말려, 진짜." 하면서 달미한테 리모
컨을 건네주었어.

"와아아아!"

달미는 너무너무 신나 즐거운 비명을 질렀어.

달미는 삼십 분 동안 텔레비전을 보다가 방에 들
어갔어. 남은 삼십 분은 휴대폰을 보겠다고 했지.
달미는 휴대폰으로 달팽이 키우는 동영상을 보았
어. 달팽이한테 잘 보여서 똥을 더 얻고 싶었거든.

달미는 침대에 누워 상상에 빠졌어. 달팽이와 달
빛 쏟아지는 옥상에 가게를 차렸어. 달팽이 똥을 넣

은 사탕이나 초콜릿을 만들어 팔았어. 돈을 많이 벌어 애드벌룬을 타고 세계여행을 했어. 그러면서 달팽이 똥 사탕과 초콜릿을 뿌렸어. 세상 사람들이 저걸 먹고 한번쯤 느림보로 살아 보는 것도 괜찮을 것 같았어.

달미는 달팽이가 깨어나자마자 작전을 털어놓았어.

"어때?"

달팽이는 어리둥절한 모습으로 더듬이를 천천히 좌우로 흔들었어.

"그럼 나는 인간들을 위해 먹고 싸고 먹고 싸고, 뭐 그렇게 살아야 돼? 어디에도 내 삶은 없달!"

달미는 자기 생각만 한 것 같아 좀 찔렸어.

"아, 미안. 그건 좀 심했다, 그치?"

"똥이야, 나야? 선택해."

"당연히 너지."

달미는 달팽이가 원하는 답을 말했어.

"그러니까 너는…… 음, 내 영혼의 단짝이야. 그게 무슨 말이냐 하면, 음…….."

달미는 언젠가 아빠가 엄마한테 했던 말을 따라 했어. 붕어처럼 입술도 쭉 내밀었지. 달팽이는 더듬이로 'X' 자를 만들었어. 그러고는 딴청을 피우더니 천천히 배발을 움직이기 시작했어.

"달팽아, 뭐 선물 받고 싶은 거 없어?"

"갑자기?"

"싫음 말고."

"너 보기와 다르게 성격 급하달."

달미는 그런 소리는 생전 처음 들어 봤어. 달팽이는 고민에 빠진 듯 더듬이를 갸우뚱거렸어.

"답답해. 일단 바람 좀 쐬게 해 주면 좋겠달."

달미는 달팽이를 데리고 거실로 나왔어. 엄마는
침대에 누워 신혼여행 중인 이모랑 통화하면서 깔
깔 웃고 있었어. 달미는 엄마 몰래 옥상에 올라갔
어.

"아, 공기가 달달하달."

달팽이가 더듬이로 기지개를 켜며 말했어.

달미는 문득 고깔모자 할머니가 생각나 주위를 둘러보았어. 어? 그런데 아무리 봐도 옥탑방은 안 보였어. 옥상 텃밭도 없었어.

"너 혹시 할머니 기억나? 고깔모자 쓴."

"쉿!"

달팽이가 더듬이에 힘을 바짝 주며 'X' 자를 만들었어.

"그럼 이제 받고 싶은 선물 말할게. 절대 비웃으면 안 된달."

"응, 약속."

달미는 걱정 말라는 듯 고개를 힘차게 끄덕였어.

"무지개 똥을 누고 싶어. 월화수목금토일, 빨주노초파남보 똥. 조상 대대로 무지개 똥을 싸면 신비로운 일이 일어난댔어. 무지무지 궁금하달."

달미도 무지무지 궁금했어. 상상만으로도 엄청

재밌었어. 빨간색은 딸기, 주황색은 당근, 노란색은 바나나, 초록색은 상추, 남색은 블루베리, 보라색은 포도, 그럼 파란색은 뭘로 하지?

달미는 골똘히 생각했어. 그동안 달팽이 똥을 먹으면 사람들이 느려졌어. 말투도 좀 이상하게 변하는 것 같았어. 근데 무지개 똥이라니. 어쩐지 어마어마한 마법이 숨겨져 있을 것 같았어.

"네 똥은 정말 대단해."

"인간들은 강아지 똥만 쓸모가 있는 줄 알지만 사실 달팽이 똥도 쓸모가 많달!"

달팽이는 더듬이를 우쭐대며 말했어.

"응, 아주아주."

달미는 달팽이 비위를 다 맞춰 주었어.

"무지개 똥 누게 해 줄게. 약속! 대신 그 똥 나한테도 나눠 줘. 알겠지?"

달팽이가 더듬이를 까딱했어.

"자, 그럼 잘해 보자는 의미로 나는 달미. 너는?"

"나는 달팽이."

달팽이가 엉겁결에 말했어.

"달달 느림보 대작전, 어때?"

"너는 느림보가 좋아?"

"그게 내 매력이야."

달미는 달팽이를 향해 윙크했어. 달팽이는 닭살이 돋는 듯 더듬이를 바르르 떨었지.

"어떤 책 보니까 제목이 '틀려도 괜찮아'였어. 나는 느려도 괜찮아. 아니, 좋아."

달팽이는 고민에 빠진 듯 더듬이를 갸우뚱거렸어.

"뭐…… 나쁘지 않달."

달팽이는 더듬이로 하트를 만들었어. 달미도 손가락으로 하트를 만들었지.

"고맙달."

달미는 웃으면서 달팽이 말투를 흉내 냈어. 그러고는 살며시 새끼손가락을 내밀었어. 달팽이도 오른쪽 큰 더듬이를 쭉 내밀었어. 새끼손가락과 큰 더듬이가 살짝 부딪쳤어.

보름달 빛이 옥상에 무더기로 쏟아졌어. 달미는 가슴이 보름달처럼 부풀어 올랐어.

"우리 달님 보고 소원 빌자."

"좋달."

달미는 두 손을 모았어. 달팽이는 더듬이를 모았어. 보름달에 어렴풋이 고깔모자를 벗은 할머니가 빙그레 웃는 모습이 비쳤어. 언뜻 할머니 머리 위로 더듬이가 솟아오르는 것 같기도 했어.

어린이책 32

느림보 챔피언 허달미

펴낸날 초판 1쇄 발행 2025년 2월 7일

글쓴이 정연철 | **그린이** 심보영
편집 박종진 | **디자인** 김윤희 | **홍보마케팅** 이귀애 이민정 | **관리** 최지은 강민정
펴낸이 최진 | **펴낸곳** 천개의바람 | **등록** 제406-2011-000013호
주소 서울시 영등포구 양평로 157, 1406호
전화 02-6953-5243(영업), 070-4837-0995(편집) | **팩스** 031-622-9413

ⓒ정연철·심보영, 2025 | ISBN 979-11-6573-608-8 73810

제조자 천개의바람 **제조국** 대한민국 **사용연령** 8세 이상